Moi, mon chat...

Texte de **Christiane Duchesne**

Illustrations de **Pierre Pratt**

LES ÉDITIONS DE LA
Bagnole

Une société de Québecor Média
leseditionsdelabagnole.com

Moi, mon chat, il est en voyage.
Il a sa valise de chat avec son vieux lapin tout recousu dedans, son lit et ses deux bols, un pour l'eau, l'autre pour les croquettes.

Sa valise, elle est attachée sur son dos.
Elle est un peu lourde, mais ce n'est pas grave.
Il est très fort, mon chat.

Il est tout blanc.
Heureusement que j'ai sa photo.
Comme ça, je peux le voir tous les jours même
s'il est parti.

Moi, mon chat, il est très mou.
Il est plus mou que moi.
Quand je le prends,
il s'étire à chaque bout.

Il aime beaucoup l'hiver.
Il se couche dans la neige et il n'a jamais froid.
Il n'aime pas vraiment l'été.

Il a trop chaud.

Il n'aime pas nager.
Il a peur de l'eau, mais il ne faut pas le dire.
À personne.
Il aime beaucoup les grenouilles.

La nuit, il ronfle.

Et le jour aussi…

Moi, mon chat, il est bien élevé.
Il est gentil avec les gens.
Et encore plus gentil avec les chiens.

Il aime les biscuits et le pain.
Il aime le fromage.
Il aime les tomates.
Il a des caprices, mais pas trop.

Il sait faire des sourires.
Quand il sourit, je sais qu'il est heureux.
Là où il est, il doit sourire tout le temps.

Hier, il m'a envoyé une lettre.
Avec un très beau timbre.

Ma chère petite Doudou,

Je suis rendu très loin.
Je vais très bien, ma patte ne fait plus mal du tout.
Alors je cours beaucoup et je suis très heureux.
Je pense à toi tous les jours et je rêve à toi la nuit.

Ton miaou qui t'aime tant

C'est dans le ciel qu'il voyage,
je l'ai deviné depuis longtemps.
Et le soir, il se couche juste
au-dessus de chez moi.

Mon chat, il veille sur moi.
Je peux le voir le soir,
il me regarde.
Et j'entends sa voix
qui chante doucement :

Bonne nuit, ma Doudou chérie,
Je ronronne, je ronronne.
Bonne nuit, ma Doudou à moi,
Je ronronne et je rêve à toi…

À la mémoire de Gaspard, et pour tous
les enfants qui ont perdu quelqu'un…
C. D.

À Cristina, et en souvenir d'un grand Abóbora
P. P.